그림이 시를 쓰다 2
# 아름다운 포구에 닿을

## 아름다운 포구에 닻을

이정옥 시집

**초판 인쇄**  2020년 11월 20일
**초판 발행**  2020년 11월 25일

**지은이**  이정옥
**펴낸이**  신현운
**펴낸곳**  연인M&B
**기 획**  여인화
**디자인**  이희정
**마케팅**  박한동
**홍 보**  정연순
**등 록**  2000년 3월 7일 제2-3037호
**주 소**  05052 서울특별시 광진구 자양로 56(자양동 680-25) 2층
**전 화**  (02)455-3987 팩스 (02)3437-5975
**홈주소**  www.yeoninmb.co.kr
**이메일**  yeonin7@hanmail.net

값 12,000원

ISBN 978-89-6253-505-1 03810

그림이 시를 쓰다 2

# 아름다운 포구에 닻을

이정옥 시집

그림이 시詩를 쓰니 시가 그림이 되다
세계 명화名畫 80편과 함께 떠나는 여행

연인M&B

**아라비아 시인** 테오도르 샤세리오 1819-1856 프랑스, 1850

# 시인의 꿈

꽃잎에 수를 놓는
봄날의 시
낙엽에 편지를 쓰는
가을날의 시
정화수에 어린 달빛을 타고
하늘까지 타오르는 시

기쁨이며 슬픔인 시
희망의 시
위로의 시
오늘도 밤마다 시를 꿈꿉니다

바벨탑을 무너뜨리는
광풍이며
열망의 가슴을 관통하는
화살의 푸른 촉이기를 꿈꿉니다

고달픔에 지친 영혼을
동해 마루로 달리게 하는
힘찬 기상나팔이며

청빈의 기쁨을 함께하는
감미로운
초대의 노래이기를 꿈꿉니다

좌절의 눈물을 멎게 하는
새벽의 여신
에오스의 푸른 날개이며

마른 가지에 꽃을 피우는
감로수이기를 꿈꿉니다

보들레르가
한림원 회원이 되고 싶어 하자
플로베르가 반문합니다
"그냥 인간이면 되는데
왜 어떤 무엇이 되고 싶어 하는가?"

그냥
물길 따라 흘러가면 될 것을
절벽에 부서지는 아픔을 감수하며
시를 꿈꾸는 나는 누구인가?

잊힌 시의 소생을 위한 꿈
버려진 시의 재생을 위한 꿈

가당치도 않은 꿈인 줄 알면서
묵은 시詩에 대한 연민으로
오늘도 시를 꿈꿉니다.

## 2. 우리가 가야 할 나라

## 3. 타는 가슴으로

## 4. 오늘은 나도

우리는 가끔
고달픈 인생길 핸들을 놓고
시외버스를 타 볼 일이다
차창 밖 풍경을 바라보듯
살아온 날들을 바라보기 위해.

# 1
## 시외버스 차장에 기대

**사계절 ; 봄**  폴 세잔 1839-1906 프랑스

**쿠모니에미 다리의 마리** 악셀리 갈렌 칼렐라 1865-1931 핀란드, 1890

# 어스름에

민들레의 이름을
누가 '민들레'라 불렀을까
맨 처음에

'처음'은
얼마나 아스라이 머나먼
옛날 옛적이었을까

하루해 저물녘 어스름에
한 줄기 바람 싸리꽃 쓸고 가니
문득
시작과 끝을 알고 싶다

내 영혼이 쉴 집이
어딘지를 몰라서.

**연인들의 만남** 코츠카 티바다르 1853-1919 헝가리, 1902

# 섭리

그대가 그대 기쁨을 따라
산길로 간다 해도

내가 내 기쁨을 따라
뱃길로 간다 해도

그분이 원하면 우리는
수풀에 달빛 내리는
맑고 고운 밤

그대는
물결 위 바람으로 춤추다
나는
목마른 구름으로 떠돌다

비가 되어 만나리
숙명처럼.

**들꽃** 로렌스 알마-타데마 1836-1912 네덜란드

# 풀꽃 1

목련 한 그루 화려한 자태로
뜰을 차지한 채 뽐낼 때면
나는
풀꽃이 그리워 목이 탄다

여린 고개 내밀어
눈부시게 웃는
시냇가 풀꽃들의 고운 춤이

뜰에 활짝 핀
목련나무 아래서
오늘도 나는

작고 낮은 것의
아름다운 진실을 그리워한다.

**생각에 잠겨** 존 윌리엄 워터하우스 1849-1917 영국

# 풀꽃 2

땅속 작은 요정들이
쉬지 않고 집을 짓는다

그들이 뿜어내는 열기로
대지는 기름지고
나무들은 푸르다

화려함은 허무하리
목련 꽃잎 지듯

땅 높이로 키를 낮춘
풀꽃이고 싶다

푸른빛으로 피어나는
그분의 작은 정령精靈이고 싶다.

**호숫가의 저녁** 막스 논넨브루흐 1857-1922 독일

# 하얀 그리움

절며 절며 건너온
청춘의 강

세월의 늪이 된 그 강물에
깊이깊이 묻었거늘

새삼스레 피어오르는
하얀 그리움

아, 그래야 하는구나
알 수 없는 그리움
사무치는 그리움

그리움의 가시 가슴에 품고
세상 끝날까지 가야 하는구나.

**여왕이 오는 길에** 조지 로렌스 불레이드 1858-1933 영국

# 봄비

봄비가 내린다
진종일

내일 비 그치면
계절의 여왕을 마중하려
천지가 찬란한 꽃빛이리

세상을 온통 꽃으로 물들이는
우리가 서로에게
봄비일 수 없는지

외로움 달래는 안개비로
고달픔 쉬게 하는 느개비로
우리가 서로에게
봄비일 수 없는지.

**노란꽃** 로버트 레이드 1862-1929 미국, 1908

# 꽃씨

어제는 내게 꽃이더니
오늘은 모퉁이길 돌아서며
이별을 흔든다

우연 같던 만남
필연 같던 만남

스쳐 보낸 사람
떠나보낸 사람

그때는 알지 못했다
우리 인생의 작은 꽃밭에
그분이 뿌려 주신 꽃씨였던 것을.

**꽃장식 모자를 쓰고** 가이 로즈 1867-1925 미국

# 시외버스 차창에 기대 1
― 풍경

시외버스 차창에 기대니
꿈꾸듯 졸고 있는 시골 마을
저녁연기 오르는 평화가 보이고
나목에 둥지를 튼 까치집의
소박한 행복도 보인다

절벽에 아스라이 주춧돌을 걸친
이름 모를 암자의 청빈도 보이고
낙동강 모래밭에 고물을 올린
낡은 나룻배의 적막도 보인다

우리는 가끔
고달픈 인생길 핸들을 놓고
시외버스를 타 볼 일이다

차창 밖 풍경을 바라보듯
살아온 날들을 바라보기 위해.

**여인이 있는 거리 풍경** 레세르 우라이 1861–1931 독일, 1918

# 시외버스 차창에 기대 2
— 예고

시외버스 차창에 겨울비 내린다
흐르는 빗물 사이로
나목의 우수가 나부끼고
운율도 아름다운 활자가
애수의 가요처럼 가슴을 적신다

— 안개 잦은 곳 주의구간注意區間
우리도 길목마다 경고판을 세우거늘
하물며 그분이
비탈길 주의하라 예고하지 않으리
마음이 무디어 듣지 못함이여

지나온 세월 나도 다를 것 없이
다급하게 달리다 갓길 위반
고개 돌려 잡담하다 삼중충돌

내 우매함이
그분 슬픔 되어
시외버스 차창에 빗물로 내린다.

**올가의 초상** 미하일 네스테로프 1862-1942 러시아

# 시외버스 차창에 기대 3
— 이정표

낮선 거리에 땅거미 내려도
시외버스는 멈추지 않는다
정해진 시간 목적지를 향해
온갖 이정표를 뒤로한 채

— 요금 내는 곳 1㎞
삶의 여정에도 있으리
차표 한 장으로 마감해야 할
마지막 순간의 톨게이트가

단거리 주자처럼 달려온 인생
우리는 때로
가던 길 멈추고
시외버스를 타 볼 일이다

지금 내 인생의 이정표가
어느 지점을 지나고 있는지
담담한 시선으로
바라보기 위해.

**봄** 니콜라에 그리고레스쿠 1838-1907 루마니아

# 낙화 落花

묵은 등걸에 만발한 매화꽃
한 줄기 바람 속절없이 지나자
아쉬운 꽃비로 흩날리고 마누나

한없이 낮아져
흔적없이 떠나는
낙화의 자리 비움 아름답구나

한세상 마감하고
길 떠나는 날
뒷모습 저리 곱고 싶어라.

**콩코드의 꽃 파는 소녀** 루이 쉬르베 1862- 1942 프랑스, 1898

# 민들레 이야기

덤불에 떨어져 희망이 없어도
민들레 꽃씨는 봄을 기다린다

우리네 삶도
서러운 저물녘 꽃이 피는
감동의 민들레 이야기

대지가 팔을 벌려
봄을 기다리니
나도 봄을 기다린다

한 송이
민들레로 피어나기 위해.

**강둑에서** 레오 푸츠 1869-1940 이탈리아 출신 독일 화가, 1919

# 그때

달리다 넘어진 진흙탕 외길
오르다 헛디딘 아득한 낭떠러지

나는 어떻게 지난 세월
그 강을 건널 수 있었을까

그때 내 등뒤에서
누가
나룻배를 저어 주었을까

쉬지 않고는 건널 수 없는
깊고 푸른 절망의 강 언덕에

누가
버드나무 한 그루 심어 놓았을까.

**꿈** 사무엘 피셔 1860-1939 영국

# 사모곡思母曲

팔모 반짇고리 곱게 닫아 두고
말없이 떠나신 지
어느덧 일곱 해

죽음이 끝이라면 아직도
당신이 그리워
목 메일 리 없지요

그분께 전해 주십시오
어머님 그리울 때가 많으니
가끔
외출 좀 허락해 주십사고

푸른 별 하나 동녘에 떠올라
대지의 깊은 잠 깨우기 전
새벽 강 징검다리 건너
제 손 한번 잡아 주고 가십시오.

**무지개의 여신 이리스** 가이 헤드 1753-1800 영국

# 무지개

남루가
남루의 친구 되면
탐욕의 바다를 벗어나
새벽안개 너머 들려오는
천상의 노래를
듣게 된다 하셨지요

미움이
미움을 어여삐 여기면
고통의 매듭이 풀려
연무를 헤치고 떠오르는
아침 해를
보게 된다 하셨지요

우리가 찾아 헤맨 무지개는
우리 영혼에 머물고 계신
당신 사랑이라 하셨지요.

**여인, 바닷바람 부는 날**  프란츠 마르크 1880-1916 독일, 1907

# 바람 부는 날이면

한 마리 불사조 모습의
우리
연이 되어 날자

제 신명에 겨워 높이 치솟다
솔개를 만난들 어떠리

어느 날 돌개바람 불어
미루나무 가지에 휘감긴들 어떠리

바람에 찢기고 휘날리다
삭아서 재가 된들 어떠리

삶은 사랑의 춤
짝사랑의 아픔인들 무엇이 두려우리

바람 부는 날이면 벌판으로 나가
우리
연이 되어 날자.

**대수도회의 앵초** 제임스 헤일라 1829-1920 영국, 1881

# 그대 남긴 한마디

사랑이 질펀한 거리에서
사랑에 목말라한 그대여

정의가 너풀대는 거리에서
정의에 목말라한 그대여

─ 아픔 없는 사랑이 언제나
  우리를 더 슬프게 한다

그대 남긴 한마디 불현듯 떠올라
억새풀인 우리가 울고 있다.

**사랑의 백일몽이 끝나다** 마커스 스톤 1840-1921 영국, 1880

# 이별도 사랑처럼 1

원망하지 말아요
그대여

어느 날 이별이 찾아오면
축복의 손 흔들며
떠나보내요

가을 햇살 머금고
산머루 익을 때
그대는 알게 되리
만남은 축복이고
이별은 배려임을

상처 아문 가지의 껍질 아래
천년을 견딜 수액이 차느니
진홍의 단풍잎 말없이 지듯
이별도
사랑처럼 아름답게 해요.

**추도장에서** 알프레드 스테방스 1823-1906 벨기에, 1861

# 이별도 사랑처럼 2

슬퍼하지 말아요
그대여

수없이 만났다 헤어지는
삶은 이별 연습

수백 번 죽었다 다시 태어나는
삶은 죽음 연습

유감은 품지 말아요
그 누구에게도

미련도 두지 말아요
어느 것 하나에도

한 줄기 빛으로 사라지는 유성처럼
뒤돌아보지 말아요
그대여.

흠 없이 제때에
당도하기 위해
깨어 기도하라 하셨는지요.

# 2
# 우리가 가야 할 나라

**사계절 ; 여름** 폴 세잔 1839-1906 프랑스

**천사의 메시지** 조지 스윈스테드 1860-1926 영국, 1890

# 첫날부터

초승달은 만월이 되었다
초승달은 또
세월의 가지 끝 하현달이 된다

바람은 꽃잎 위 봄날로 머물다
바람은 또
꽃잎 흔들며 안개비로 사라진다

영원 이전의 것
허무 이후의 것
변치 않는 진리 찾아 헤매다
지쳐 주저앉은 오늘에야
그분 목소리 들린다

— 첫날부터 너를 사랑했노라.

**새로운 하루**  윌리엄 마겟슨 1861-1940 영국, 1930

# 은총

오늘 슬퍼함은 은총이다
슬픔은 기쁨으로 가기 위해
우리가 건너야 할
징검다리이므로

오늘 고달픔도 은총이다
시련은 열매를 얻기 위해
우리가 넘어야 할
능선이므로

나날의 삶은 은총이다
날마다 새날로 시작하는
무수한 봉헌의 기회이므로.

**여름철** 마커스 스톤 1840-1921 영국

# 여름 산 숲에서

다람쥐 놀다간 젖은 풀잎 위
아침을 알리는 한 줄기 햇살 있어
천년 묵은 바위도 가슴 가르고
찔레꽃 한 다발로 화장을 끝낸다

멧부리 높아 구름도 숨 가쁜
보랏빛 너울대는 깊은 계곡에는
태초가 문을 열던 그날의
별무리 쏟아 내던 바람만 나부낀다

천년을 노래하며
피어오르는 꽃보라

억년을 흔들며
떨어지는 물보라

방황하던 영혼 발길 멈추고
우주의 신비에 귀 기울이니
푸른 침묵의 신비로움이여.

**행복한 섬(부분)** 폴 알베르 베스나르 1849-1934 프랑스

# 우리가 가야 할 나라

망망대해에 홀로 떠 있는
인생은
쪽배라 하셨는지요

정박할 섬 하나 보이지 않는
인생은
고해라 하셨는지요

탐욕의 밀항자로 떠다니는
인생은
부평초라 하셨는지요

우리가 가야 할 나라
흠 없이 그곳에 당도하기 위해
깨어 기도하라 하셨는지요.

**나무들이 경계를 이룬 길** 반 고흐 1853-1890 네덜란드, 1884

# 길 떠나는 그대에게

마음을 기댈
문설주 하나 없어
그대여
길을 떠나는가

갈대숲 헤치고 떠오르는
붉은 해 한 줌 가슴에 안으려
새벽은 시린 밤을 견디느니

그대의 방황 휘어진 등뒤에서
오랜 세월 기다린
그대의 창조주

한번쯤
그분과 마주앉아 보라.

**신념** 조지 던롭 레슬리 1835-1921 영국, 1858

# 이스라엘 기행 1
— 타브가Tabgha

그분 그리움에 목이 메어
이 벼랑 끝 적막 위에
수도승의 침묵처럼 등이 굽은
작은 암자 하나 세운 이
그도 나처럼 아팠으리

사랑의 기쁨으로
무한을 빚으신 분

용서의 눈물로
은하를 빚으신 분

세상 온갖 것
아름답게 빚으신 분

그분 그리움
그리움에 사무쳐
이국땅 저물녘에
시리고 시리다 내 발목이.

**교회 밖 젊은 여인** 샤를 뮐러 1815-1892 프랑스

# 이스라엘 기행 2
— 베들레헴


좁은 골목길 기념품 가게마다
2천 년이 엽서로 나부끼다

성전마다 풀썩이는
오대양 먼지와
이국인들의 수다스런 행렬을
군복 차림의 유다 여인이
무심한 표정으로 바라보다

이역만리에서 흘러온
나를
유일唯一이라 하시고
우주라 하시니
새삼 부끄러움 느끼다

빛바랜 기도문 한 장
여권 뒷장에 끼우고 온 것이.

**성 세바스티안 풍경**  호아킨 소로야 바스티다 1863-1923 스페인

# 슬픈 날의 일기 1

병든 느릅나무 가지 끝에 걸린
퇴색한 가오리연 하나가

눈물 없는 우정이
연민 없는 이별이
우리를 얼마나 슬프게 하는지요

이 슬픔은
진주를 잉태하는 상처이고
꽃망울 터뜨리는 바람임을
제가
왜 모르겠습니까

그럼에도 오늘
저물녘 언덕에 서서
당신의 위로를 기다리는 거지요.

**꽃 파는 소녀**　알렉세이 하를라모프 1842-1925 러시아

# 슬픈 날의 일기 2

저택 담장 위에 웅크리고 앉아
허기져 울고 있는
길고양이가
싸구려 잡지의 유니세프 광고가

나태한 무관심이
과장된 동정심이
우리를 얼마나 슬프게 하는지요

절망 뒤의 희망도 우리 것이고
죽음 너머 영원도 우리 것임을
제가
왜 모르겠습니까

그럼에도 오늘 이 아픔들을
당신이 조금은
배려해 주시기를 바라는 것이지요.

**사랑의 신 에로스를 파는 사람** 조제프 마리 비앙 1716-1809 프랑스, 1763

# 두려워할 일은

사랑을 조각조각 가위질하여
노천시장에서 헐값에 팔고 있는
우리네 무심無心한 욕망 때문에
그분이 절망하고 있으리

오늘 망망대해에
외로운 쪽배 하나 띄운다

목자들의 현란한 말잔치에
등을 돌린 채 화를 내고 있을
그분 절망이 두려워서.

**올리브 동산의 그리스도** 칼 하인리히 블로흐 1834-1890 덴마크, 1875

# 모과나무 아래서

영원 하나되리라
꽃잎을 열더니
병든 모과 한 알 떨어진다

손끝에 가시 하나 스쳐도
소스라쳐 놀라는 우리가
병든 모과 바라보며 아파한
그분 슬픔을 외면했구나

설익은 채 마감될
내 생애 또한
그분 가슴에 생채기로 새겨지리

구절초 소리 없이 꽃잎 여는 아침
병들어 떨어진 모과 한 알이
황망한 내 발길 돌려세워
그분 아픔을 생각하라 한다.

**일출의 뮤즈** 알퐁스 오스베르 1857–1939 프랑스, 1918

# 새벽 강

자정이 지나 자리에 누워도
잠이 오지 않습니다
긴긴 겨울밤 뒤척이다
충혈된 눈으로 새벽을 맞습니다

사랑하다 미워한 일
용서하다 분노한 일
이 모자람은 또 어찌해야 하는지요

밤사이 잿빛 된 영혼을 안고
갈대숲 헤치고 달려와
동트는 새벽마다 영혼을 헹굽니다

이 아픔 끝나는 곳에
천국이 있는지요.

**가을** 존 윌리엄 고워드 1861-1922 영국, 1900

# 가을 연가 1
— 포도

모자람을 비굴로 기워 갚았던
부끄러운 어제
서러운 오늘

문득 고개 들어 바라보니
포도가 검붉게
익어 가고 있더이다

보이지 않아 믿지 못함은
당신 탓 아니라
저희 탓이었더이다.

**월출** 아서 웨슬리 다우 1857-1922 미국, 1916

# 가을 연가 2
— 풀벌레

떠난 사람 그리며 동창을 열자
중천에는 별무리 수런거리고
호수에 잠긴 달 떨고 있더이다

유년의 우정도 짧았더이다
청춘의 꿈도 짧았더이다
그 시절 아픔이 지금에야
사랑이었음을 깨닫나이다

야삼경 가을밤 뜰에 서니
풀벌레 노래 찬란하더이다

들리지 않아 믿지 못함은
당신 탓 아니라
저희 탓이었더이다.

**은둔자의 은신처**  위베르 로베르 1733–1808 프랑스

# 큰 산

하루가 천년
천년이 하루
시간은 착각이라 했다

저승이 이승
이승이 저승
인생은 미망이라 했다

기쁨도 탐욕
슬픔도 탐욕
탐욕은 지옥이라 했다

그곳에 큰 산이 있었다
삶과 죽음은 하나라며
허허 웃기만 했다.

**수도원 문 옆에서** 미하일 네스테로프 1862-1942 러시아, 1925

# 풍경 소리

퇴색한 대웅전 처마 끝에서
풍경이 혼자 울고 있다

우리가 우리를 위해
보리자* 굴릴 때도
번뇌의 바다에서 허우적이는
중생의 열반을 빌고 있다

우리가 우리를 위해
두 손 모을 때도
미망의 덫에 걸려 이승을 떠도는
원혼들의 천도를 빌고 있다

쉼 없이 울어 온 청동색 풍경이
오늘도 혼자 울고 있다.

---

\* 보리자: 보리수 나무의 열매.

**비가 오는데** 앨버트 루도비치 1852-1932 영국, 1885

# 보육원을 다녀와서

젖은 눈빛을 잊을 수 없어
내가 아프다

이 저녁 낯선 거리에서
부나비처럼 헤매고 있을까

암자 뒤채를 서성이며
천수경千手經 읊으며 울고 있을까

내가 이토록 아플진대
어머니인 그녀야 오죽하리

저무는 가을날 쓸쓸하던
보육원 아이의 창백한 기다림이
오늘도 나를 아프게 한다.

**소년** 아메데오 모딜리아니 1884-1920 이탈리아

# 모정 母情

사랑까지도 계량컵에 담아
값을 따지는 모정이
광장에 모여 깃발을 흔들 때

불 꺼진 집의 외로움이 두려워
초록빛 아이는
지하 찻집에서 잠이 든다

저물녘 사립에 기댄
어머니의 기다림은 기도였다

밤마다 대청에 등불을 밝히던
어머니의 기다림이 너무 그립다.

**들에서 생각에 잠겨** 쥘 아돌프 브르통 1827-1906 프랑스

# 단근질

불러야 할 노래 가슴에 차오를 때
음치의 비애를 숨겨야 하는
나는 얼마나 슬픈지
그대여

차라리 풍각쟁이나 될 것을
그마저 내 것이 아니라면
애초에 태어난 농부의 딸 그대로
한 자루 녹슨 호미나 될 것을

그때도 나는
그분 단근질에 피 흘리며
지금처럼 울고 있을까.

시인은 탄식으로 찬미하고
화가는 환희로 찬미하니
찬미의 끝줄에 서서
타는 가슴으로
당신을 찬미하나이다.

# 3
## 타는 가슴으로

**사계절 ; 가을**  폴 세잔 1839-1906 프랑스

**메시지에 놀라다** 루이자 스윈너턴 1844-1933 영국, 1895

# 부르심

바람은 구름을 위해 산마루 넘고
꽃은 열매를 위해 흩어지라 하시니
당신 사랑의 알 수 없는 깊이여

기쁨은 슬픔의 동무 되고
부유<sup>富裕</sup>는 가난의 위로되라 하시니
당신 사랑의 알 수 없는 깊이여

저를 부르실 때 이르셨지요
빈 가슴에만 축복이 내리고
저리도록 아픈 미움도
사랑이 추는 춤이라고

찬비 내리는 깊은 밤
오늘은 그 집 창가에서
무슨 말씀으로
부르고 계시는지요.

**종려나무 잎**  윌리앙 아돌프 부그로 1825-1905 프랑스, 1894

# 봉쇄수도원에서

작약 만발한 뜰에 서서
천상의 노래를 듣는다
격자 너머 낭랑한 성무일도에
하늘이 열리고 말씀이 쏟아진다

얼마나 목이 타는 열망이었으면
어머니의 기다림이 서낭에 걸렸는데
그대의 눈은 그토록
깊고도 잔잔한 호수가 되었나

얼마나 절절한 열망이었으면
그대가 오늘
백합 한 떨기로 아름답게 피었나

그대의 봉헌은
그분이 기억하는
기적을 위한 아픔이었구나.

**칠월밤** 프레데릭 하삼 1859-1935 미국

# 타는 가슴으로

어둠을 밝히는 푸른 꽃등
밤하늘이 얼마나 고운지요

이슬의 찬미 노래에
풀잎이 깨어나고
풀벌레 찬미 노래에
가을이 익어 가니
타는 가슴으로
당신을 찬미하나이다

두견새 울어울어
새벽을 찬미하고
비구니 승무僧舞 자락 날려
삼천세계三千世界를 찬미하니

녹슨 호미라 덤불에 던지셔도
타는 가슴으로
당신을 찬미하나이다.

**그리스도의 체포** 프라 안젤리코 1387-1455 이탈리아, 1446

# 성목요일

음모의 숲들이 수런대던 밤
배반의 무리가 몰려오던 밤

마셔야 할 쓴잔을 앞에 하고
제자들의 발을 씻겨 주시다

수만 갈래의 길이 있었지만
지름길로 아버지께 달려가시려

유다의 이마에 입을 맞추시다
빌라도 앞에서 입을 다무시다.

**십자가를 지신 그리스도** 엘 그레코 1541-1614 스페인, 1605

# 성금요일

빈 배로 떠났다
만선으로 오시려
갈보리 산을 오르시던 날

사랑이 부활임을 보여 주시려
병사들의 조롱을 참으시던 날

세상이 버린 바라바를
세상으로 돌려보내시려
못질 소리 남기고
숨을 거두시던 날

성전 휘장도 찢어지며 울었다
모퉁이 돌아서던
이방인도 울었다.

**무덤의 예수, 천사가 보호하다**  윌리엄 블레이크 1757-1827 영국, 1805

# 부활 전야

구약의 성벽을 넘어서라며
유다의 율법에서 해방되라며
예언자를
남김없이 거두시다

지중해 건너 땅끝까지
기쁜 소식 전하시려
외아들을
내어놓으시다

더 높은 영광을 드러내시려
아들의 영광을 사흘 동안
죽음에 맡겨 잊히게 하시다

빛이 더 밝게 빛나려
잿빛 장막 뒤에서
이 일들이 이루어지다.

**세 마리아에게 나타나신 그리스도** 로랑 이르 1606-1656 프랑스

# 부활주일 아침에

가난을 높이시려 오신다
조랑말을 타고

말씀을 지키시려 가신다
십자가 지시고

절망을 열망으로 돌리시려
다시 오신다
무덤을 열고

성령의 품에 우리를 맡기고
또다시 가신다
아버지께로

모든 것이 보인다
부활주일 아침에.

**흰옷의 여인** 에드먼드 타벨 1862-1938 미국, 1899

# 당신 기쁨이려면

오늘도 제집 거실에는
화사함의 아류들이 모여
수다 중입니다

당신은 제 약점을 아시지요
때때로 변주곡 쉼표처럼
불현듯 양심이 깨어나면
가진 것 잃을까 두려워
비단 이불에 얼굴을 묻습니다

남은 날들이 당신 기쁨이려면
바람이 몇 날이나 더
불어야 하는지요.

**기다리던 편지**  조지 하디 1822–1909 영국, 1879

# 겨울 편지 1
― 초록 봉투

산길 시오리 여우고개 넘어
사흘에 한 번 오는 배달부가
수취인을 찾지 못해 돌아온
초록 봉투를 내밉니다

하얀 벽에 압정으로 꽂힌
고갱의 고독과 회한이 서린
〈푸른 그리스도〉 옆에
되돌아온 편지를 꽂으며
얼마나 슬픈지 모릅니다

당신 집 주소를 알아내려면
몇 날이나 더 아파야 하는지요

하염없이 흐르는 이 눈물을
은총이라 말하기는 이르겠지요.

**홀리하우스에서 바라본 풍경** 존 트와츠먼 1853-1902 미국, 1901

# 겨울 편지 2
— 두 번째 고백

함박눈 이불 덮은 양철지붕은
깊은 겨울잠에 빠져 있고
능선에 늘어선 낙엽송이
눈안개 너머로 너울거립니다

빈 가지 흔들며 까치 떼 날고
검은 고양이 발자국 찍으며
눈밭을 가로질러 사라지는
한낮의 겨울 적막은
너무 아름다워 눈물이 납니다

유년의 꿈과 젊은 날의 사랑
고향에 두고 온 남천강 달빛
모든 날이 은총이었습니다

겨울이 산마루를 넘기 전
두 번째 고백을 서두르겠습니다.

**멜랑콜리** 마리안 스토커스 1855-1927 오스트리아, 1895

# 후회

어제는
황량하던 저 벌판이
돌개바람까지도 사랑으로 껴안더니
오색 꽃 만발한 숲으로 자랐구나

어제는
먹빛으로 죽어 있던 저 늪이
천둥까지도 사랑으로 껴안더니
푸르른 호수가 되었구나

나는 지금 무엇이 되어 있나
변방邊方의 덤불에 갇혀
사랑의 삶은 꿈도 꾸지 못했구나

아름다운 천명天命이려면
청빈에 기댄
자유여야 했던 것을.

**삶의 시내 위에서** 후고 짐베르크 1873-1917 핀란드, 1896

# 참회 1
— 허무


하루를 백날처럼 소중히 여기라
당신이 당부하셨건만
백날을 하루처럼 허송했더이다


농부가 쟁기를 버리고 배를 띄우면
땅이 마르고 바다가 노恣하리라
당신이 당부하셨건만
신이 되기를 꿈꾸었더이다


하나뿐인 가난에서 하나를 빼앗아
가진 자의 가슴에
꽃다발로 안기며
세상 이치라 우겼더이다


언약을 거두어 떠나면서도
자유의 이름으로 당당했더이다


온몸이 저리도록 후회하며
마른 잎 외줄기로 떨고 섰나이다.

**지나간 것에 대한 생각** 페르낭 투생 1873-1955 벨기에

# 참회 2
— 비탄

아홉을 얻고도
만선을 꿈꾸다
풍랑을 만나
모든 것 잃은 후
망망대해를 떠다녔더이다

꿈 많았던 젊은 날엔 몰랐더이다
허욕이고
탐욕이고
갈망이던 것을

세월의 해질녘
먼 산 바라보며
비탄의 눈물에 목이 타나이다.

**푸른 선이 있는 화병의 장미** 구스타브 카유보트 1848-1894 프랑스, 1878

# 부엽토 한 줌

축령산 기슭 밤나무 숲에서
부엽토 한 줌 가져오다

수많은 낙엽의 주검이
죽음은 또 다른 삶의
시작이라 노래하다

우리네 묻힐 저 산야山野도
밤나무 숲이 되어야 하리

주검은 죽음을 이기고
그 숲에 뿌려져야 하리

한 송이 꽃을 아름답게 피우는
부엽토 한 줌이 되기 위해.

**타들어 가는 불을 가진 여인**  쥘 아돌프 브르통 1827-1906 프랑스, 1873

# 고해소 앞에서

제 기쁨만 기뻐하고
제 슬픔만 슬퍼하였나이다

유혹이 찾아와 난잡亂雜을 부려도
차를 대접하며 잡담을 나눴지요
서푼 어치의 명예를 위해

부상당한 풀잎들의 비명에도
빈집인 양 숨을 죽였지요
하찮은 육신의 안전을 위해

한 말씀 하소서
위로되겠나이다

고해소 앞에서 수없이 머뭇거린
수줍음을 보고 웃으셨노라
비틀대던 때마다
옆에 계셨노라고.

**행운의 여신 티케**  장 프랑수아 베르나르 1829-1894 프랑스

# 기적을 기다리며

수술실에서 눈을 떴을 때
그때 들을 수 있었거늘
일을 마치고 돌아가시던
그분의 가벼운 발걸음 소리를

꽃들의 고운 웃음
가을날 익어 가는 풍성한 열매
구름과 바람과 나무들의 춤

삶의 모든 순간은
그분이 거저 주신 기적인데
우리는
참으로 무참하게도
그분 집으로 되돌려 보낸다

물감을 칠하다 찢어 버리듯
시를 쓰다 구겨 버리듯.

**저녁기도** 찰스 에드워드 할레 1846-1914 영국

# 저녁기도

분별없이 가지려 들면
떳떳할 만큼만 허락하소서

일곱을 얻어 곡간이 차면
둘로 나누는 용기를 주소서

상한 갈대를 꺾으려 들면
채찍을 들어 세게 치소서

꽃잎 떨어지던 날
폭우 쏟아지던 날
젖은 가슴 따뜻하게 녹여 주던
차 한 잔의 감동을
기억하게 하시고

여름날 밀밭에 불씨를 던지던
저들의 오만을 잊게 하소서.

**죽음과 소녀** 프랑수아 루이 장모 1814–1892 프랑스

# 어느 날

어느 날 이 지상에서
봄날 꽃잎처럼 흩날려도
못다 한 사랑의 노래는
남은 이의 기도로
진주가 되리라

어느 날 이 지상에서
가을날 낙엽처럼 떨어져도
화해의 아름다움은
남은 이의 가슴에
그리움이 되리라

우리가 이 지상에서 어느 날
구름으로 흩어지고
흙이 되어 잊혀도
청산의 바람으로 살게 되리라
영원의 노래로 살게 되리라.

슬픈 박제로 내 가슴에 남은
그대의 춤을 생각하며
오늘은 나도
한 마리 갈매기의
비상飛翔을 꿈꾼다.

# 4
## 오늘은 나도

**사계절 ; 겨울** 폴 세잔 1839-1906 프랑스

**애통** 프레더릭 레이턴 1830-1896 영국, 1895

# 이 시대의 절망

선한 영혼 제물로 바친
오욕의 세월이 있었습니다

노을처럼 타올랐던 정의도
갈가리 찢겨 처참했던
역사의 외면이 있었습니다

그 시절 우리의 위로였던
베옷 입고 통곡하던 선지자는
유람선 타고 순례길 떠났는지

이 시대 우리의 절망은
가려 뽑아 세운 당신 사람이
청빈을
헌신짝처럼 버렸음입니다.

**언덕 위에서** 바실리 폴레노프 1844-1927 러시아, 1900

# 당신 뜻대로

버림의 고통
버려짐의 고통

세상 온갖 고통의 세월
몇 날 앞당겨 끝나게 하소서

부유가 자만의 울안에서
권세가 오만의 벼랑에서
탕진의 세월을 보내고 있나니
우리를
이 질곡桎梏에서 풀어 주소서

하지만
저희 보챔엔 개의치 마시고
당신 뜻대로 하소서.

**철야기도** 윌리엄 마겟슨 1861-1940 영국

# 자유의 이름으로

마른 갈대밭 새벽녘 불길 되어
쭉정이와 함께 재가 되는 일
타올라야 빛이 되는
그대의 자유

율법의 울타리를 뛰어넘어
한 알의 밀알로 떨어져 썩는 일
썩어야 새싹 되는
나의 자유

봄날 단비 맞은 풀잎들의 함성
젖은 가슴 헤치고 꽃으로 피어나는
그대의 자유는 생명의 춤

바위를 가르는 석간수 되어
노송의 충절을 지키려는
나의 자유는 혼의 노래

노비奴婢들이 앞장서서
자유의 목에 칼을 씌우니
오늘은 서러워 목이 잠긴다.

**날개를 상상하다** 애봇 테이어 1849-1921 미국, 1889

## 오늘은 나도

내 사랑법의 오만함이
그날
그대가 사랑한 신神을
서해안 포구에 익사시켰다

나를 용서하며 추던 춤
처용處容의 춤
무위無爲의 춤

슬픈 박제로 내 가슴에 새겨진
그대의 춤을 생각하며

오늘은 나도
한 마리 갈매기의
비상飛翔을 꿈꾼다.

**은수자** 리차드 대드 1817-1886 영국

## 어느 사제의 고백

고운 것만 곱다 하면
반쪽 사랑이라 하셨지요

가진 것 모두 비워 냄이
온전한 자유라 하셨지요

미망과
야망과
몇 가닥 열망
부끄러운 욕망들 감추려
보조키까지 설치합니다

이러고도 사제됨을 꿈꾸니
당신이
허락하시겠는지요.

**산정에서 기도하는 그리스도** 제임스 티소 1836-1902 프랑스, 1885

# 그분의 슬픔 1
— 사제에게

악어 가방의 몸집 큰 사모님이
출입구를 가로막아
고층 아파트 승강기에는
내가 탈 자리가 없었느니

성전 지하에 감금당한 사랑이여
그믐밤 무인도에 유배당한 사랑이여
사랑을 구하려다 거절당해
슬퍼하며 떠나야 했느니

너희의 부활로
나를 부활시켜야 할
타작마당의 추수꾼이여
포도주에 취해 잡담하고 있는지
뒤안길을 헤매다 길을 잃었는지

한 그루 나목처럼 타는 가슴으로
오늘도 바위산에 올라
너희를 기다리고 있느니.

**황금송아지를 섬기다** 니콜라 푸생 1594-1665 프랑스

# 그분의 슬픔 2
— 우상숭배자들에게

풀잎들의 노래와
바람과 별들로
'계시의 시대'는 끝났거늘

가난을 높이 세워 축복하고
부활로 정의를 증언하였으니
'예언의 시대'는 마감되었거늘

날마다 나를
십자가에 못질하며
날마다 나를 기다리니
돌아가지 않는다
가서 전하라.

**소식** 알메이다 주니오르 1850-1899 브라질

# 애도哀悼
— 어느 작별 이야기

매 맞으며 용서하고
빼앗기며 사랑하는
너희의 신神은 가련하다며
돌담길을 돌아
모래톱을 달려
저문 바다에 배를 띄운 그대여

눈물로 씻어야 할
슬픔도 있고
미소 뒤에 숨겨야 할
슬픔도 있거늘

용서로 기워야 할
아픔도 있고
고백으로 지워야 할
아픔도 있거늘

눈바람 그친 날 소식이 왔다
소녀의 편지를 가슴에 품고
칼바람 헤치며 돌아오다
그의 낡은 배가 침몰했노라고.

**좋은 정부와 나쁜 정부에 대한 우화** 테오도어 반 툴덴 1606-1669 플랑드르

# K기자의 증언

모든 건 속임수였다

무능과 무모無謀가 손을 잡고
언덕을 갈아엎을 때
청청한 거목巨木들이 쓰러졌다

분장한 배우가 조명을 받으며
위선의 눈물을 뿌릴 때
더 큰 음모가 등뒤에서 웃었다

야심과 선동이 손을 잡고
현란한 융단 위를 행군할 때
백성은 이미 파산자였다

어제도 이리 떼의 말잔치였고
오늘도 또 다른 이리 떼들의
그럴 듯한 반칙으로 끝날 것이다.

**침묵** 존 헨리 푸셀리 1741–1825 스위스 출신 영국 화가, 1801

## 조사弔詞, 민주주의


난파 직전의 갑판에 올라
뱃머리 돌리려다 기진한
그대의 마지막 외침에도
특등실 선실은 따뜻했었다

총재의 건강을 위한
거액의 비자금
사모님의 미모를 위한
콜드크림의 음모
간신들을 위해
후궁들을 위해
삼등실의 민주는 감금당하고
갑판 위 정의도 탈진했다

찢어진 민주주의 깃발 아래서
이 강산 부활을 꿈꾼
그대의 비목碑木에 눈물로 새긴다

— 가슴 타올라 고독했노라.

**아침 뉴스** 엘렌 헤일 1855–1940 미국, 1905

# 신문사 국장실 1
— 한 통의 전화

오늘 아침에도 당신 방에는
한 통의 전화가 걸려 왔겠지요

민중의 지팡이는 그 순간
광고 수입 숫자놀음에
고개를 떨구고
국장님의 자존심은 어이없이
들불 같은 성화에 찢겨졌겠지요

'기자의 사명'은 가슴을 치며
독자들의 호기심에 투항하고
밤새워 취재한 특종기사는
판매 부수 경쟁의 낚싯밥 되어
돌고래의 입속으로 사라졌겠지요

뜨거운 당신의 넓은 가슴도
몇 줄기 바람에 싸늘히 식어
낮술 서너 잔만이 위안이 됐겠지요.

**농민들의 세상 이야기** 빌헬름 라이블 1844-1900 독일, 1877

# 신문사 국장실 2
— 폐품 수집함

오늘 아침에도 당신 방에는
몇 잔의 커피가 배달되었겠지요
담배 연기 자욱한 방에서
암담한 이 나라 미래는
바둑알이 되어 굴러다녔겠지요

당신 책상 위 교정지로 쌓인
달동네 서민의 농익은 아픔은
폐품 수집함에 던져졌겠지요

당신이 밤마다 투전판을 찾으니
서해안 갯벌의 소라 껍질인
우리는 외면당한 소작인이지요

그대가 우리 설움에 분칠을 할 때
당신 문전에 주저앉아
싸구려 위안이나 기다려야 하는지요.

**낙엽 태우는 여인** 카미유 피사로 1830–1903 프랑스, 1890

# 낙엽을 태우며

늦가을 해질녘 낙엽을 태우며
아직도 태우지 못한
나의 낙엽들을 생각한다

나약한 지식인의 비애
빛바랜 나의 언어들도
이제는 태워야 할 낙엽이리

아직도 알 수 없는 혼돈의 세월이
나를 한없이 슬프게 한다

숨죽인 어둠 속
이 시대의 암울함이
마른 가지 흔드는 바람 탓이라면
겨울이여 어서 지나가라.

**실내의 여인** 칼 빌헬름 홀쇠 1863-1935 덴마크

# 마지막 기도

저를 부르실 때는
쓰던 시詩 마저 쓰라
허락지 마소서

머뭇거리지 마소서
애처로워도 마소서
단번에 알아듣게 부르소서

들었던 찻잔도
미련 없이 버리고
단숨에 따르리다

영혼이 눈처럼 깨끗해지고
육신이 깃털처럼 가벼워지리니
기뻐하며 나룻배에 오르라 하소서.

**문제** 조지프 클레이치 1881–1931 헝가리 출신 미국 화가, 1918

# 어떤 물음

거리에 펄럭이는 현수막은
무자격 정치인의 굿판인지요

옥상마다 너풀대는 십자가 분열은
추락 천사의 질투인지요

북서쪽 어린이의 파리한 낯빛은
사회주의의 한계인지요

여공이 흘리는 눈물은
지주들의 음모인지요

쌓인 물음들 정리하다
괘종시계가 새벽을 알리니
오늘은 이만 줄입니다.

**비가**悲歌**, 소경 연주자**  미하일 네스테로프 1862-1942 러시아, 1928

# 그대의 하관식

사월이
작별을 지켜보고 있었다

그대 목마름에 산허리 무너지고
우리 목마름에 계곡이 열려
천길 폭포가 거리를 휩쓸 때
그날 그곳에 그대가 있었다

황포에 덮인 그대 가슴 위에
진달래 뿌리며 울음 삼킬 때
뜬구름 몇 조각 무심히 흐르고
산새만 하염없이 울고 있었다

젖은 풀밭 누비며 이 강산 떠돈
뒤축이 닳은 검정 고무신
상처뿐인 세월이 뒤돌아보며
그대와 함께 떠나고 있었다.

**몽유병자** 막스밀리안 피너 1854-1924 체코, 1878

# 단 한 번

폭풍이 비바람을 거느리고
삭막한 밤을 찾아옵니다

꽃밭을 휩쓸고
용마루를 흔들고
노송까지도 때리고 꺾습니다

좁은 난간
낡은 문설주
언제까지 이 밤을 버틸 수 있을지요

저를 단 한 번
부르시기만 하면
천년을 하루처럼 기다린
청산의 학이 되어 날아오르리다.

**푸른 꽃병** 에두아르 뷔야르 1868-1940 프랑스, 1932

# 낡은 시의 회생回生을 꿈꾸며

이십여 년이란 세월이 흘렀습니다.
서시序詩의 마지막 구절에서 말한 대로
차마 버릴 수 없어
잘라내고 다듬기를 반복했습니다.
시詩에게 많이 미안하여
화가들에게 도움을 청했습니다.

2020년 늦가을  이정옥